Ah, la famille!

Moka

Ah, la famille!

Illustrations de Mette Ivers

l'école des loisirs

11, rue de Sèvres, Paris 6e

© *1997, l'école des loisirs, Paris*
Loi numéro 49 956 du 16 juillet 1949 sur les publications
destinées à la jeunesse : septembre 1997
Dépôt légal : janvier 2000
Imprimé en France par I.F.C. à Saint-Germain-du-Puy

Pour Justine

Mon devoir pour l'école, c'est «faites votre arbre généalogique». Il y a, d'abord, une petite case où il y a écrit : MOI. Et, au-dessus, deux autres cases : PAPA et MAMAN. MOI, je sais : c'est Céline. MAMAN, je sais aussi, c'est Danielle.

– Qu'est-ce que je mets dans la case PAPA ?

Maman me regarde par-dessus son magazine. Papa me regarde aussi.

– Ben, tu mets François,
répond Maman.

– Et pourquoi ça? demande
Papa.

– Parce que c'est son père,
dit Maman.

– Et moi, alors, je compte
pour du beurre?

– Personne n'a dit ça, mon
chéri.

C'est un peu compliqué, parfois, d'avoir deux papas. Mon
vrai papa, il est parti, il y a longtemps. Je ne le vois jamais.
Maman s'est mariée avec Nicolas qui est mon deuxième papa.
Il fait très bien l'affaire.

– Qu'est-ce que je mets, alors?

– Céline, dit Maman, il n'y a pas à discuter. Ton père, c'est François. Un point, c'est tout.

Mais j'hésite. Parce qu'au-dessus des cases PAPA-MAMAN, il y a les cases GRANDS-PARENTS. Côté Danielle, pas de problème. Papy et Mamouchka, ils viennent tous les dimanches. Mais côté François, on ne risque pas de les voir souvent. Ils habitent au Canada. Et je ne connais même pas leurs prénoms.

— Moi, je veux bien, dis-je. Mais comment je vais faire avec les cases ONCLES et TANTES et ARRIÈRE-GRANDS-PARENTS ? Je vais avoir plein de blanc dans mon arbre généalogique !

Papa Nicolas lève un sourcil. Il fait sa tête de «j'ai toujours raison».

– C'est moi qui l'élève, Céline, dit-il. Je fais le meilleur papa, non?

Maman soupire et pose son magazine, une bonne fois pour toutes.

— La question n'est pas là,
répond Maman.

Mais Papa ne va pas lâcher
comme ça.

— Et alors, comment elle va
faire pour remplir ses cases, hein ?
Tu veux qu'elle ait une mauvaise
note à son devoir ? Avec ma
famille à moi, c'est beaucoup
plus facile !

Ce qui n'est pas tout à fait
exact. Papa a huit frères et sœurs
et ils sont tous mariés et ils ont
vingt-deux enfants au total. Je ne
vois même pas où je vais les caser
sur ma feuille !

— Et la vérité, c'est que son

papa, c'est François, répond
Maman sur un ton sec.

— Céline n'a qu'à choisir, dit
Papa. Qui tu veux comme papa ?

Et il me regarde fixement. Je bredouille en mordillant mon crayon.

– Je crois que… que je suis obligée d'écrire François.

Papa Nicolas se lève et va dans la cuisine. Comme ça. Sans un mot.

– Il est vexé, dit Maman. Ce n'est pas grave.

Moi, je ne suis pas d'accord. Je trouve que c'est très grave, au contraire. Il n'est pas vexé, il a de la peine. Ça m'ennuie beaucoup.

À quoi pensent les maîtresses quand elles vous donnent des devoirs pareils ?

* * *

Ça me trotte dans la tête, cette histoire d'arbre généalogique. C'est bizarre quand même. Avant, je ne me posais pas de questions. Papa Nicolas, ses parents, ses frères, ses sœurs et tous leurs enfants, c'était comme ma famille. Mais ce n'est pas la vraie. Car j'ai un bout de ma famille quelque part au Canada. C'est celle-là, la vraie. Et je ne sais rien sur elle.

Dans mon arbre, il y a Papy, Mamouchka, Tatie Jeanne et mes arrière-grands-parents. Et

dans les cases en face, il y a monsieur et madame Broussard et du
vide. Il manque une partie et

c'est comme un trou dans mon
cœur.

J'ai pris une décision. Je veux tout savoir sur ma famille au Canada. Maman n'aime pas parler de papa François. Elle dit toujours qu'elle a fait l'erreur de se marier trop jeune. Mais elle ajoute qu'elle est très contente de m'avoir. Elle dit ça parce qu'elle a peur que je le prenne mal. Elle s'inquiète pour rien. Je ne le prends pas mal du tout. Je sais bien que l'erreur, c'était le mariage, pas moi!

J'ai pris la vieille boîte à chaussures qui est rangée dans le placard de Maman. C'est là-dedans qu'il y a les photos de mon papa. Elle ne les a pas jetées parce qu'elle pense que je voudrai les avoir plus tard. Mais elle ne les a pas collées dans ses beaux albums.

Je me cache dans ma chambre pour regarder les photos. Il y a plein de bateaux. C'est normal car mon papa est un navigateur. Il fait des régates, des courses autour du monde et tout ça. C'est joli, tous ces bateaux. Mon papa a les yeux noirs en amande, comme moi. Il est toujours bronzé sur les photos et il est souriant. Mais il a l'air de ne pas être là. Je crois qu'il rêve qu'il est sur l'océan. Maman dit qu'être mariée à un marin, c'est comme d'être mariée à un ouragan. Un jour, il arrive et le lendemain il est reparti.

Dans la boîte, il y a aussi leur faire-part de mariage. C'est drôle, c'est la première fois que je le vois. Dessus, il y a écrit:

Monsieur et Madame Clairmont, Monsieur et Madame Broussard ont le plaisir de vous annoncer le mariage de leurs enfants Danielle et François.

Mes quatre grands-parents. Et en bas de la page, il y a leurs adresses.

Monsieur et Madame Broussard,
222, 14 street, Beauséjour, Mani-
toba, Canada.

Beauséjour… J'ai une idée. Si je veux en savoir plus sur ma famille, eh bien, je vais leur écrire !

Voici ma lettre :

Chers Monsieur et Madame Broussard,

J'ai l'honneur de vous annoncer que je suis votre petite-fille Céline. Est-ce que vous pouvez me répondre pour me dire tout sur votre famille ? C'est pour mon devoir à l'école.

Merci. Avec mes salutations les meilleures.

Elle est très bien, ma lettre. Distinguée et tout. J'ai même pensé à mettre mon nom et mon adresse sur l'enveloppe.

Maintenant, il faut la poster. J'irai à la poste en sortant de l'école. Je ne veux pas que Maman soit au courant. Surtout que je ne suis pas sûre d'avoir une réponse. J'aurai l'air de quoi si je n'en ai jamais?

*

* *

J'ai rendu mon cahier avec mon arbre généalogique. La maîtresse m'a mis un huit. Je trouve que c'est bien noté pour un arbre à trous. Presque tout le monde a eu dix, sauf Véronique qui a eu cinq parce qu'elle a fait des ratures. Elle en fait toujours, c'est un vrai cochon.

J'ai une mauvaise surprise en rentrant à la maison. Maman a découvert la boîte à chaussures sous mon lit en faisant le ménage

dans ma chambre. Elle m'attend dans le salon et elle fronce les sourcils. Je sais qu'elle est fâchée.

Papa Nicolas pointe le bout de son nez hors de la cuisine. Il est toujours dans la cuisine parce que c'est lui qui prépare les repas. Il ne veut pas qu'on achète des conserves ou des surgelés. Même la purée, c'est fait main. Moi, je préfère la purée en flocons mais je n'ose pas en réclamer. À chaque fois qu'il nous fait sa purée, il nous dit :

– Hein, c'est quand même meilleur que ces saletés en flocons ?

Et il est tellement content de lui. La purée passe encore, mais là où c'est terrible, c'est quand il nous prépare ses plats en sauce. C'est pour ça que j'aime bien manger chez Mamouchka. Elle me fait des nouilles au gruyère.

— Tu piques dans mes placards maintenant? dit Maman.

— Non, Maman. Je voulais juste les photos de mon papa.

— Dans ces cas-là tu demandes la permission.

— J'avais peur que tu ne veuilles pas, Maman.

Papa Nicolas se racle la gorge.

— Ben, ça se comprend... dit-il.

Ce qui est bien avec Nicolas,

c'est qu'il prend toujours ma défense.

— Je ne suis pas d'accord! répond Maman. Céline n'a pas à fouiller dans mes affaires!

— Alors, tu ne devrais pas fouiller dans les siennes, dit Nicolas.

Et là, ça me fait rigoler. C'est vrai que Maman regarde dans mes affaires. Elle appelle ça « faire du rangement ». Mais c'est du pareil au même!

— Ça n'a rien de drôle, dit Maman.

Maman est du genre têtu. Elle ne veut jamais admettre qu'elle a tort.

– Laisse-lui donc ses photos,
dit Nicolas. Tiens, on va même
les regarder ensemble !

Et il s'assoit dans le canapé.

– Tu viens sur les genoux de
Papa, Fifille ? demande-t-il.

– Je suis trop grande pour ça !
dis-je.

Nicolas pense que j'ai quatre ans pour le restant de ma vie. D'ailleurs, il ne sait jamais combien de bougies mettre sur mes gâteaux d'anniversaire. Il en oublie toujours une ou deux. Je ne lui en veux pas car il réussit très bien les gâteaux au chocolat.

Je m'installe à côté de lui avec la boîte à chaussures. Je demande tout d'un coup :

— Dis, ça ne t'ennuie pas si je t'appelle Nicolas plutôt que Papa ?

— Pas du tout.

Mais sa voix tremble et je regrette un peu.

– T'as vu tous les beaux voiliers ? dis-je. Si mon papa était
encore là, peut-être qu'il m'em-

mènerait faire un tour... Ça
serait chouette. J'aime beaucoup
les bateaux.

On a regardé toutes les photos. Même Maman qui n'est plus fâchée.

— Et si on faisait une promenade sur les bateaux-mouches, dimanche ? propose Nicolas.

Je réponds d'accord. Mais les bateaux-mouches, ce n'est pas comme les voiliers de Papa.

*
* *

On est samedi. Je prends mon petit déjeuner, tranquille. Maman revient avec le courrier. Elle s'assoit à côté de moi et râle à cause des factures.

– Tiens, dit-elle, il y a une lettre pour toi.

Puis elle ouvre de grands yeux en voyant le timbre.

– Du Canada! s'exclame-t-elle. Qui peut bien t'écrire du Canada?

Mon cœur fait un bond. J'arrache la lettre des mains de Maman mais je la regarde sans l'ouvrir. Beauséjour, Manitoba. Je n'arrive pas à y croire. Maman s'impatiente.

— Mes grands-parents, dis-je. J'ai trouvé leur adresse sur le faire-part de ton mariage.

Maman rit.

— Tu es débrouillarde, ma fille ! Mais aux dernières nouvelles qui, je te l'accorde, ne datent pas d'hier, les Broussard avaient déménagé à Montréal ! Alors, qui ? Qui peut t'écrire de Beauséjour ?

Déménagé? Je n'avais jamais pensé à ça. Je tends la lettre à Maman.

– Je préfère que tu la lises d'abord, dis-je.

Maman est ravie. Elle est plus curieuse qu'un petit chat. Elle parcourt la lettre à toute vitesse.

– Ça alors! Ça alors! répète-t-elle. Tu ne devineras jamais!

– Quoi, quoi? je crie.

Toute cette excitation attire Nicolas dans la cuisine. Il vient de se lever et il a l'air encore endormi.

– Vous en faites un bruit! dit-il en bâillant.

– La lettre ne vient pas de tes grands-parents, explique Maman. Mais de ton arrière-grand-mère !

– J'ai une arrière-grand-mère, moi ? Elle doit avoir au moins cent ans !

– Il y a deux centenaires dans ma famille, dit Nicolas. Mes grands-tantes.

– Écoutez un peu ! dit Maman.

Elle respire un bon coup et nous fait la lecture.

Chère Céline,

J'ai reçu la lettre que tu as envoyée à ma fille et mon gendre, tes

grands-parents. Ils habitent à Montréal, maintenant, mais moi je suis
restée à Beauséjour. Je suis Nuage-
d'en-haut, ton arrière-grand-mère. Je
suis une Indienne sioux Dakota.
Mon père était Élan-Courageux et

ma mère Bisonne-Frissonnante. Mes ancêtres venaient des États-Unis. Je suis née dans une réserve canadienne comme beaucoup d'Indiens. Je vivais dans une tente, un tipi, quand j'étais une petite fille. Et puis j'ai grandi et j'ai épousé un Canadien, Hilaire Caradec. Ses ancêtres à lui venaient de Bretagne. Mon mari est mort depuis longtemps. Je suis très heureuse que tu aies écrit. La famille, c'est quelque chose de très important pour les Indiens. Je t'accueille dans ma famille et je te donne ton nom indien Céline-Petit-Nuage. J'espère qu'il te plaît. Je t'embrasse et j'attends de tes nouvelles. Ne tarde pas

trop, je suis très vieille et je partirai
bientôt pour le paradis des Sioux.

Signé : Nuage-d'en-haut.

Céline-Petit-Nuage. Je suis
une Indienne sioux Dakota. Et
j'ai les yeux noirs en amande

comme Papa. Comme Nuage-
d'en-haut, mon arrière-grand-
mère.

J'ai ajouté Nuage-d'en-haut
et Hilaire Caradec dans mon
arbre généalogique. Dommage
qu'il n'y ait pas de cases pour
Bisonne-Frissonnante et Élan-
Courageux. J'ai montré mon
arbre à ma maîtresse et je lui ai
expliqué. Elle m'a félicitée
devant toute la classe. Elle dit
que c'est bien de prendre des ini-
tiatives. Et du coup, elle m'a
demandé de faire un exposé sur
mes ancêtres sioux. D'habitude,
je n'aime pas beaucoup avoir du

travail en plus. Mais là, ça m'intéresse. Je veux tout savoir sur les Sioux Dakota.

J'ai envoyé ma photo à Nuage-d'en-haut et elle m'a envoyé la sienne. C'est une vieille

dame toute ridée avec un sourire grand comme ça. Elle porte un costume en peau avec plein de perles de couleur. Elle me raconte des histoires du passé dans ses lettres. Comment son grand-père chassait le bison dans les plaines du Dakota et comment son oncle s'était battu au côté de Taureau-Assis. Il y a plein de grands chefs guerriers chez les Sioux.

Je ne pense plus qu'à ça. Je ne parle plus que de ça. Je ne lis plus que des livres sur les Indiens. Je commence à ennuyer tout le monde avec mes Indiens. À l'école, ils m'appellent Céline-Nuage-Embêtant. Ça m'est égal. Ils sont jaloux.

– Tu savais qu'il y a 70 000 Sioux vivants actuellement ? dis-je à Nicolas.

Je viens de lire ça dans mon nouveau livre sur les Indiens.

– Non, je ne le savais pas, répond Nicolas.

Nicolas est de mauvaise humeur depuis quinze jours. Il a même oublié de nous emmener sur les bateaux-mouches.

– Et tu savais que Cheval-Fou avait tué le général Custer ?

Nicolas a une mimique exaspérée.

– Et toi, est-ce que tu sais que tu nous pompes l'air ? J'en ai marre de tes guerriers et de tes batailles ! Tiens, tu veux voir des héros ? Je vais t'en montrer !

Nicolas part dans sa chambre et revient avec un vieil album en cuir tout abîmé. Dedans, il y a des photos de famille. La sienne.

– Voilà, alors lui, c'est mon grand-père pendant la guerre de 14. Il a été décoré pour acte de bravoure ! Et lui, là, c'est mon arrière-grand-oncle qui s'est battu à la guerre de 1870. Et je vais te dire, il est allé à la guerre à cheval comme tes Indiens !

Je n'ai vraiment pas envie d'écouter. Mais Nicolas feuillette son album et je suis obligée.

– Et mon père ! Tu le connais, André, hein ? Eh bien, il a été prisonnier pendant la Deuxième Guerre mondiale et il s'est échappé !

Cette histoire-là, je la connais.

Pépé André nous l'a racontée plus d'une fois !

– Et là, c'est ma grand... Non, celle-là, c'est ma... Oui, c'est la cousine de ma mère, celle qui a caché des aviateurs anglais dans son grenier pendant que les soldats allemands mangeaient dans sa cuisine ! Heu, non, en fait, c'est...

Nicolas se gratte la tête. Ils sont tellement nombreux dans sa famille qu'il se trompe de personne.

– Non, c'est plutôt Anastasie, je crois. Celle qui s'est mariée avec un Chinois.

– Tu as des cousins en Chine? dis-je. Ça, au moins, c'est intéressant!

Nicolas fait une drôle de tête. Il pince les lèvres.

— Oui, bien sûr, que nous soyons de pauvres Français nés en Normandie, ça n'a aucun intérêt!

— Je ne voulais pas dire ça, Nicolas…

Mais c'est exactement ce que je pense!

*
*   *

Chez Pépé André, j'ai toujours l'impression d'être en colonie de vacances. Il y a des enfants partout. Nicolas a emmené son vieil album. Il n'a pas encore réussi à identifier la dame de la photo. Il veut la montrer à sa mère.

Ça fait vingt minutes que Mémé Henriette, Pépé André, la tante Simone et Nicolas sont en train de discuter. Henriette est sûre, en tout cas, que ce n'est pas sa cousine. André, lui, est certain que ce n'est pas Anastasie. Quant à Simone, elle récite des listes de noms au hasard. C'est la photo mystère. Mais le clou de la journée, c'est quand Henriette décide d'appeler sa tante Gertrude, une des deux centenaires de la famille de Nicolas. Elle a choisi Gertrude plutôt que Bernadette, qui est sourde comme un pot. Elle décrit la photo au téléphone. Apparemment, Gertrude ne sait pas non plus.

– C'est quand même incroyable! dit Nicolas. J'ai la photo d'une dame que personne ne connaît!

Du coup, Henriette est allée chercher ses albums. Eh bien, elle, elle n'a pas cette photo-là! C'est drôle, finalement, cette histoire. Je regarde la photo en noir et blanc. La dame est très belle, elle est assise dans un fauteuil, un peu raide. D'après Henriette, c'est une photo des années

trente. Elle le sait, à cause des vêtements de la dame.

C'est triste, dans un sens,

qu'on ne la reconnaisse pas. C'est comme si la dame avait perdu sa famille. On ne peut pas dire d'elle : « Tiens, voilà Juliette ou Marie, la femme de celui-ci ou la grand-mère de celle-là… » Elle n'appartient à personne. Ça me fait de la peine pour elle. Alors, secrètement, je décide de l'adopter. Je l'appelle Juliette-Marie et c'est une arrière-grand-tante par alliance. Elle présenterait bien dans mon arbre généalogique, elle est tellement jolie !

Nicolas a abandonné ses photos. Il a sur les genoux son neveu Charlie qui est encore un bébé.

Il lui donne son biberon et Charlie a l'air très content. Nicolas lui parle, il lui dit des «gouzi, gouzi... et il est bon, le biberon de Charlie...».

— Moi aussi, j'aime les bébés, dis-je. Pourquoi on n'en a pas un à la maison?

Nicolas me sourit.

– Ben, quand on est le petit dernier de neuf enfants, on n'a pas très envie d'une famille nombreuse !

Mais je sais que ce n'est pas vrai. Nicolas dévore des yeux tous ses neveux et nièces et joue avec eux pendant des heures. C'est Maman qui n'est pas pressée d'avoir des enfants. C'est à cause de son travail.

– Je m'ennuie toute seule, dis-je. Je voudrais avoir un horrible petit frère ! Il casserait mes jouets et il irait pleurnicher dans la cuisine ! Ça serait super !

– Pourquoi dans la cuisine ? demande Nicolas.

– Parce que c'est là où tu es tout le temps ! À mon avis, il sera du genre à se plaindre à Papa plutôt qu'à Maman...

Nicolas rit mais son regard est sérieux.

— Eh bien, on verra… dit-il. Mais je voudrais que tu sois sûre d'une chose. Même si un jour, j'ai des enfants à moi, je t'aimerai toujours comme ma propre fille.

Ça me donne envie de pleurer. Je tourne la tête pour qu'il ne s'en aperçoive pas. Je murmure tout bas :

— Je le sais… Papa.

*
* *

Papa Nicolas n'est plus de mauvaise humeur. Lui et moi, on a fait un pacte. On va embêter Maman jusqu'à ce qu'elle accepte de me faire un petit frère. Au début, elle prenait ça sur le ton de la plaisanterie.

— Et si c'est une fille? On la noie?

Mais moi, je pense que ça sera un garçon. J'ignore pourquoi, j'en suis sûre, c'est tout. Maintenant, Maman se fâche quand on lui parle de bébés. Ce n'est pas une vraie colère, c'est juste qu'elle ne veut pas avoir l'air de céder. L'autre jour, je l'ai surprise à faire des guili-guili au bébé de la voisine. Comme j'ai rigolé, elle a haussé les épaules. Elle dit qu'elle aime les enfants, surtout quand ce sont ceux des autres. C'est énervant d'avoir une mère qui est plus têtue qu'une vieille mule.

J'ai écrit à Nuage-d'en-haut pour lui demander des conseils. Elle m'a répondu en me racontant sa vie de maman. Nuage-d'en-haut a eu six enfants. Son premier bébé est mort à la naissance. Son fils aîné est mort à la guerre. Et de ses quatre filles, il ne lui en reste plus qu'une, ma grand-mère. Elle me dit qu'elle est triste d'avoir perdu cinq enfants mais qu'elle a la chance d'avoir sept petits-enfants et une arrière-petite-fille. Moi. Et que même si c'est dur, parfois, de penser à ses enfants morts, elle est heureuse de les avoir eus. À la fin, Nuage-d'en-haut a écrit, avec de jolies lettres rondes et bleues : « La famille, c'est la vie. » Je donne la lettre à Maman. Elle la lit.

– Eh bien, ce n'est pas ça qui
va me donner envie ! dit-elle.
Elle n'a rien compris.

*
*   *

J'ai fait mon exposé sur les
Indiens sioux. Tout le monde a
trouvé ça très bien. J'ai fait la
paix avec mes copains. Ils ne
m'appellent plus Céline-Nuage-
Embêtant. Il faut dire que je les
embête beaucoup moins avec
mes ancêtres. J'ai d'autres choses
en tête. D'abord, il y a mon petit
frère qui n'est pas près d'arriver.
Et puis, il y a Juliette-Marie. Je
voudrais avoir sa photo. Comme

ça, je pourrais mieux penser à elle.

Papa et moi, nous allons en promenade sur le bateau-mouche. Maman n'a pas voulu venir. Elle dit qu'elle est fatiguée. Il y a beaucoup de bateaux sur la Seine mais pas de voiliers. Nous sommes tout en haut, les cheveux dans le vent.

– Ça ne t'ennuie pas alors, dis-je, de me donner la photo de la dame inconnue?

– Non, répond Papa. Mais pourquoi?

– Pour m'en souvenir. Qu'elle ne soit pas abandonnée.

Papa pose la main sur mon
épaule mais regarde la péniche
devant nous.

– Céline-Petit-Nuage, il ne
faut pas que tu croies que ton

père t'a abandonnée. Je suis sûr
qu'il pense à toi, sur son voilier,
même s'il est loin, même s'il ne
téléphone jamais.

J'ai une boule dans la gorge

et j'éclate en sanglots. Je ne suis pas triste, je suis en colère.

— Alors pourquoi, pourquoi?

— Des fois, c'est difficile de revenir... Plus on s'éloigne, plus le temps passe, et plus c'est difficile.

— Eh dis, Nicolas, est-ce qu'il a seulement ma photo dans son voilier?

— Évidemment... Et il la regarde quand la mer est calme. Et il prononce ton nom dans la tempête pour se rassurer.

J'aime bien ça.

— J'ai eu un arrière-grand-oncle qui est parti un jour en

laissant toute sa famille... Il
n'est jamais revenu et plus
tard, on a découvert qu'il avait

ouvert un orphelinat en
Afrique!

– Je t'en prie, Papa, j'en ai
marre des histoires de ta famille !
C'est la mienne qui m'intéresse.
Toi, Maman, moi et mon petit
frère. Je voudrais qu'on l'appelle
Jules-Marie.

– Jules-Marie ! Drôle d'idée !
– Je lui tricoterai des bonnets
et je lui donnerai le biberon.
Nicolas rit et me serre contre
lui.

– Et moi, je lui ferai ses soupes, répond-il. Rien que des bons produits !

– Tu sais, les enfants, ils adorent les nouilles au gruyère...

Nicolas rit encore et me berce comme quand j'étais toute petite. Je ferme les yeux. J'imagine que je suis sur l'océan et que c'est la houle qui me berce.

*
* *

Maman nous attend à la maison. Sur la table de la salle à manger, il y a un paquet rectangulaire.

– Tiens, il y a un cadeau pour toi, dit Maman.

Ce n'est pas Noël ni mon anniversaire. Papa s'assoit et je m'assois à côté de lui. J'ouvre le paquet. C'est un petit cadre doré. Dedans, il y a juste un carton blanc sur lequel il y a écrit en lettres rondes et bleues:

«La famille, c'est la vie.»

Je regarde Maman qui sourit.

– Je crois qu'il faut que j'apprenne à faire les nouilles au gruyère, dit Papa.

Je cherche sa main sous la table et je la serre très fort.